COLLECTION

DE FEU

M. EUGÈNE LECOMTE

CONDITIONS DE LA VENTE

Elle sera faite au comptant.

Les adjudicataires paieront *dix pour cent* en sus des enchères.

Paris. — Imp. Georges Petit, 12, rue Godot-de-Mauroi. — 16614-06.

CATALOGUE

DES

Tableaux Modernes

ET ANCIENS

PAR

BRISSOT, COROT, CH. COYPEL, DAUBIGNY, DELACROIX, J. DUPRÉ
FROMENTIN, GÉRICAULT, INGRES, LARGILLIÈRE, SEB. DEL PIOMBO, RICARD, LÉOPOLD ROBERT
PH. ROUSSEAU, ZIEM, ETC.

DESSINS, AQUARELLES, PASTELS

PAR

GÉRICAULT, GÉROME, HARPIGNIES, INGRES, J. JACQUEMART, EUG. LAMI, MEISSONIER
PRUD'HON, ROSALBA CARRIERA, ED. YON, ETC.

GRAVURES & LITHOGRAPHIES

PAR

DELACROIX, A. DURER, J. VAN MECKEN, M.-A. RAIMONDI, REMBRANDT, SCHONGAUER, ETC.

Objets d'Art et d'Ameublement

Porcelaines, Marbres, Bronzes, Tapisseries

INSTRUMENTS DE MUSIQUE

Violons et Violoncelles d'Ant. STRADIVARIUS, Violons, Altos, Violoncelles, Instruments anciens, Archets

ANTIQUITÉS GRECQUES & ROMAINES

Médailles et Plaquettes artistiques

Composant la

Collection de feu M. EUGÈNE LECOMTE

ET DONT LA VENTE AURA LIEU A PARIS

HOTEL DROUOT, SALLE N° 1

Les Lundi 11, Mardi 12 et Mercredi 13 Juin 1906, à 2 heures

COMMISSAIRE-PRISEUR : **Mᵉ PAUL CHEVALLIER,** 10, rue Grange-Batelière

EXPERTS

Pour les Tableaux et Dessins :		*Pour les Gravures :*
M. GEORGES PETIT 8, rue de Sèze	**M. JULES FÉRAL** 7, rue Saint-Georges	**M. A. DANLOS** 15, quai Voltaire
Pour les Objets d'art : **MM. MANNHEIM** 7, rue Saint-Georges	*Pour les Antiquités :* **MM. ROLLIN & FEUARDENT** 4, rue de Louvois	*Pour les Instruments de musique :* **MM. SILVESTRE & MAUCOTEL** 25, rue du Faub.-Poissonnière

EXPOSITIONS

PARTICULIÈRE : *Le Samedi 9 Juin 1906, de 1 heure 1/2 à 5 heures 1/2*
PUBLIQUE : *Le Dimanche 10 Juin 1906, de 1 heure 1/2 à 5 heures 1/2*

ORDRE DES VACATIONS

Le Lundi 11 Juin 1906

Aquarelles. Dessins. Pastels.	Nos	1 à	34
Tableaux modernes et anciens		35 à	64
Gravures et Lithographies		65 à	98

Le Mardi 12 Juin 1906

Instruments de musique		99 à	124
Objets d'art et d'ameublement		125 à	165

Le Mercredi 13 Juin 1906

Antiquités		166 à	288

Aquarelles, Dessins, Pastels

BOUCHER (École de)

1 — *Paysage avec cours d'eau, ruines et figures.*

Aquarelle gouachée.

Haut., 30 cent.; larg., 36 cent.

GÉRICAULT (Jean-Louis)

2 — *Vénus et l'Amour.*

Aquarelle.
Au verso, un soldat combattant.

Haut., 19 cent.; larg., 26 cent.

GÉRICAULT

3 — *Romulus et Rémus.*

Dessin au lavis sur trait de plume, rehaussé de blanc.

Haut., 19 cent.; larg., 24 cent.

Collection His de la Salle.

GÉRICAULT

4 — *Plusieurs études dans un même cadre.*

Dessins à la plume et à l'aquarelle.

GÉROME (Jean-Léon)

5 — *Tibère.*

Dessin à la sanguine.

Signé à droite et dédié à son ami Arago.

Haut., 31 cent.; larg., 19 cent.

Vente Arago, 1889.

HARPIGNIES

6 — *Le Terre-plein du Pont-Neuf à Paris, vu du pont des Arts.*

Un ciel nuageux d'été sur les maisons, que masque un bouquet d'arbres à la pointe de l'île. A droite, sur le quai Conti, quelques promeneurs arrêtés aux étalages des bouquinistes.

Aquarelle.

Signée à gauche en bas : *Harpignies, 1868.*

Haut., 25 cent.; larg., 33 cent.

INGRES (Jean-Auguste)

7 — *Portrait de Mgr de Pressigny.*

Debout devant une table, de trois quarts à gauche, le visage souriant au spectateur, les cheveux relevés sur le front, il tient de la main droite la barrette, et de la main gauche un feuillet ; il porte la pèlerine sur l'aube brodée et la croix pastorale pendant sous le rabat.

Superbe dessin à la mine de plomb.

Signé et daté : *1816.*

Haut., 29 cent.; larg., 21 cent.

Vente Eudoxe Marcille.

INGRES

8 — *Portrait de femme.*

Assise, vue à mi-corps, vêtue d'une robe de mousseline décolletée, les cheveux nattés sur la tête et tombant en boucles autour du visage.

Dessin à la mine de plomb.

Haut., 22 cent.; larg., 16 cent.

N° 7

N° 4

N° 8

INGRES

9 — *Françoise de Rimini.*

Dessin à la mine de plomb.
Signé et daté : *1841.*

Haut., 23 cent.; larg., 17 cent.

Vente Blocque, 1866.

INGRES

10 — *Portrait de femme.*

Assise dans un fauteuil, une étole de fourrure posée sur les épaules
Dessin au crayon noir et à l'estompe, rehaussé de blanc.
Signé et daté : *1826.*

Haut., 28 cent.; larg., 22 cent.

INGRES

11 — *Henri IV jouant avec ses enfants et recevant l'ambassadeur d'Espagne.*

Dessin à la mine de plomb.
Signé et dédié à M. Thévenin : *Rome, 1819.*

Haut., 24 cent.; larg., 18 cent.

INGRES

12 — *Léonard de Vinci meurt dans les bras de François Ier, en 1518.*

Dessin à la mine de plomb.
Signé et dédié à M. Thévenin.

Haut., 24 cent.; larg., 18 cent.

INGRES

13 — *Le Roi Philippe V remet l'ordre de la Toison d'or au maréchal de Berwick.*

On lit sur la monture, au-dessous de la signature :

Après la victoire d'Almanza, remportée par le Maréchal de Berwik, le roi Philippe V le fait Duc, Grand d'Espagne de première classe, et le décore de l'ordre de la Toison d'Or, en l'année 1707.

Et plus bas :

Hommage à Monsieur le chevalier de Poublon, par son dévoué serviteur, **INGRES.**

Dessin au lavis de bistre, rehaussé de blanc.

Signé sur la monture et daté : *1817*.

Haut., 38 cent.; larg., 47 cent.

INGRES

14 — *Portrait présumé de Lucrezia Crivelli.*

Important dessin au crayon noir et à l'estompe.

On lit à gauche :

Dessiné par Ingres, élève de son cher maître David.

Haut., 51 cent.; larg., 40 cent.

INGRES

15 — *Étude pour le portrait de Mme Moitessier.*

Dessin au crayon noir.

Mise au carreau.

Haut., 33 cent.; larg., 16 cent.

INGRES

16 — *Étude pour « Tu Marcellus eris ».*

Dessin au crayon noir.

Haut., 18 cent.; larg., 24 cent.

INGRES

17 — *Portrait de Mme Ingres.*

Dessin au crayon noir, rehaussé de blanc.
Signé à gauche.

Haut., 30 cent.; larg., 24 cent.

Vente de Mme Ingres, 1894.

INGRES

18 — *Un plat en faïence italienne.*

Aquarelle.

Haut., 26 cent.; larg., 21 cent.

INGRES (Attribué à)

19 — *Fillette caressant un mouton.*

Dessin à la mine de plomb.

Haut., 18 cent.; larg., 14 cent.

Vente Calamatta, 1871.

JACQUEMART (Jules)

20 — *Jeune Mentonnaise.*

Elle est assise, vue de face, un foulard rose est noué autour de son cou. Elle est vêtue d'une sorte de sarreau clair et porte sur ses genoux, retenu par les deux mains, un panier d'où s'échappent quelques roses-thé.

Signé à gauche, en bas, du cachet de la vente.

Haut., 28 cent.; larg., 19 cent.

JACQUEMART (Jules)

21 — *Vue de Menton.*

On aperçoit la ville au fond de la baie, à un tournant de la route du cap Martin.

Dessin à la plume.
Signé à gauche, en bas : *J. J., 1880.*
Cachet de la vente à droite, en bas.

Haut., 18 cent.; larg., 28 cent.

LAMI (Eugène)

22 — *Le Salon de Mme de Somaïloff.*

Dans un petit salon-bibliothèque, éclairé par une lampe, Mme de Somaïloff, en toilette blanche, les épaules nues, chauffe son pied tendu devant la cheminée à laquelle s'appuie, à droite, le comte Charles de Mornay.

Les autres personnages représentés sont : Paul Delaroche, le marquis de Contades, le comte Demidoff, le marquis de Béarn, le comte Daru et le peintre lui-même, assis près d'une table, à gauche, et lisant.

Dans la marge, en bas, croquis explicatif par l'artiste.

Aquarelle.

Signée à gauche, en bas : *Eugène Lami, 1840.*

Haut., 21 cent.; larg., 27 cent.

LAMI (Eugène)

23 — *Le Foyer de la danse à l'Opéra de la rue Le Peletier (1841).*

Dans un groupe, au centre, on remarque Alfred de Musset, de profil ; le comte de Belmont, Fanny Essler et Mlle Dumilâtre. A gauche, le compositeur Auber, assis, Duponchel, Halévy et Roqueplan, debout, entourent Mlle Forster. A droite, Achille Boucher cause avec Mlle Emarot; Lautour-Mézeray est adossé à un pilier, auprès du buste de la Guimard. Mlle Maria, venant du fond, s'avance en dansant.

En bas, collé sur la marge, croquis explicatif à la plume.

Aquarelle.

Signée à droite, en bas : *Eug. Lami, 1841.*

Haut., 31 cent.; larg., 34 cent.

Vente Duponchel, 1872.

MEISSONIER

24 — *Portrait de Mme Steinheil.*

Elle est assise, de profil à gauche, en robe de soirée, le bras droit replié vers le menton, l'autre reposant sur son fauteuil.

En haut de la feuille, à droite, détail de la tête.

Sanguine.

Signée à droite, en bas, du monogramme : *EM.*

Haut., 26 cent.; larg., 18 cent.

[illegible]
[illegible]

[illegible]
[illegible]

[illegible]

N° 27

N° 26

N° 28

MERCURI (P.)

25 — *Portrait de fillette coiffée d'un bonnet.*

Dessin à la mine de plomb.
Signé et daté : *1833.*

Haut., 21 cent.; larg., 15 cent.

Vente Calamatta, 1871.

PRUD'HON (Pierre)

26 — *Portrait de Mme Dufresne.*

Elle est représentée dans un parc, assise sur un tertre, la tête tournée vers le spectateur. Les cheveux bouclés sur le front, la poitrine et les bras nus, elle porte une légère robe de gaze avec écharpe. Les genoux croisés, elle tient à la main un bouquet de fleurs.

Très beau dessin au crayon noir et à l'estompe, rehaussé de blanc.

Haut., 28 cent.; larg., 20 cent.

Deuxième vente de Boisfremont, 1870.

PRUD'HON

27 — *Jeune fille en buste.*

Tournée de trois quarts à droite, les cheveux bouclés sur le front.

Dessin au crayon noir et à l'estompe, rehaussé de blanc sur papier bleu.

Étude pour un tableau de Mlle Constance Mayer.

Haut., 27 cent.; larg., 22 cent.

Vente de Boisfremont, 1864.

PRUD'HON

28 — *Un Amour.*

Vu à mi-corps, de profil à gauche, les cheveux bouclés, et tenant des rames.

Dessin au crayon noir et à l'estompe, rehaussé de blanc sur papier bleu.

Étude pour un tableau de Mlle Constance Mayer.

Haut., 26 cent.; larg., 20 cent.

PRUD'HON

29 — *Adam et Ève chassés du Paradis terrestre.*

Le Père Éternel est porté dans les nues et accompagné d'un ange. A gauche, Adam et Ève agenouillés à terre devant le serpent.

Dessin au crayon noir, rehaussé de blanc sur papier bleu.

Haut., 32 cent. ; larg., 48 cent.

Vente de Boisfremont, 1864.

PRUD'HON

30 — *Plénipotentiaires à une conférence (Leoben ?).*

Dessin au crayon noir et à l'estompe, rehaussé de blanc sur papier bleu.

Haut., 36 cent.; larg., 46 cent.

Vente Marmontel, janvier 1883, n° 240.

ROSALBA CARRIERA

31 — *Jeune fille en buste.*

La tête inclinée sur l'épaule, les cheveux ornés de perles, elle est entourée d'une écharpe bleue.

Pastel.

Haut., 31 cent.; larg., 27 cent.

Vente Piot, 1890.

TINTORET (Jacques Robusti, dit le)
VASARI (Georges)

32 — *Dans un cadre architectural, décoré de figures allégoriques, le Père Éternel est représenté dans les nues, les bras ouverts.*

Dessin au crayon noir et au bistre.

Haut., 41 cent.; larg., 27 cent.

Vente Galichon, 1875.

YON (Edmond)

100 33 — *Paysage.*

Un ciel chargé de nuages, sur une prairie verte que borde un étang. Au fond, un rideau d'arbres.

Aquarelle.

Signée à gauche, en bas : *Edmond Yon.*

Haut., 13 cent.; larg., 19 cent.

ÉCOLE FRANÇAISE (XVIIe siècle)

80 34 — *Le Contrat.*

Aquarelle gouachée.

Feuille d'éventail.

Haut., 24 cent.; larg., 47 cent.

TABLEAUX

MODERNES & ANCIENS

BRISSOT

35 — *Le Troupeau.*

Un troupeau de moutons, guidé par trois pâtres, dont l'un, monté sur une mule, descend un sentier de montagne cotoyant un précipice. Des cimes grises se profilent dans l'éloignement. Trois aigles planent dans le ciel nuageux.

Signé à droite, en bas : *F. Brissot.*

Panneau. Haut., 37 cent.; larg., 44 cent.

COROT

36 — *Haute futaie.*

De sveltes bouleaux se détachent sur un ciel gris que teintent à l'horizon les lueurs du crépuscule. On aperçoit quelques toits rouges, étagés sur la colline dont le pied baigne dans l'étang.

Signé à gauche, en bas : *Corot.*

Panneau. Haut., 24 cent.; larg., 14 cent.

COROT

37 — *La Vachère.*

Elle est debout, un panier au bras, une baguette à la main : sa marmotte rouge et son tablier bleu se détachent sur la ramure légère des arbres gris dans la lumière du matin. A droite, un étang où s'abreuve une vache.

Signé à gauche, en bas : *Corot.*

Toile. Haut., 45 cent.; larg., 34 cent.

COYPEL (Charles)

38 — *Le Repas de Don Quichotte.*

De jolies femmes et de jeunes enfants égayent cette scène aimable : une jeune fille présente une fourchette à la bouche du Chevalier. Sancho, au bout opposé de la table, cause avec une élégante dame.

Cadre en bois sculpté.

Toile. Haut., 56 cent.; larg., 71 cent.

Vente de Villars, 1868.

DAUBIGNY

39 — *Les Vendanges.*

Sous le ciel bleu, des villageois vendangent une petite vigne ; un homme assis se repose ; une jeune femme se tient debout, bras nus, vêtue de blanc, la tête ombragée d'une vaste capeline bleue. A droite, sur une charrette dételée, l'un des vendangeurs foule dans un tonneau le raisin qu'il vient d'y verser.

Signé à gauche, en bas : *Daubigny.*

Panneau. Haut., 25 cent.; larg., 38 cent.

4. Raymond

Fromentin

Les Centaures

Delacroix

Turcs ferrant un cheval

DELACROIX (Eugène)

40 — *Arabes ferrant un cheval.*

En plein air, deux hommes sont occupés à ferrer un cheval, attaché au mur. L'un d'eux, coiffé d'un turban et vêtu d'une tunique jaune, est accroupi, tenant un marteau dans sa main droite. L'autre maintient sur son genou le pied du cheval.

Cachet de la vente au dos.

Toile. Haut., 50 cent.; larg., 60 cent.

DELACROIX (Eugène)

14.300
Mrs Arnold et Tripp

41 — *Tigre se léchant la patte.*

L'animal, assis, tourné vers la droite, lèche sa patte gauche soulevée.
Signé à droite, en bas : *Eug. Delacroix.*

revendu L. de Montgermont
1919, n. 14

Toile. Haut., 24 cent.; larg., 32 cent.

Vente Delacroix, 1864.

14. 30

Mme Arnold [illegible]

[illegible] le

[illegible]

DELACROIX (Eugène)

42 — *Portrait de M. de Verninac.*

Vu jusqu'à mi-corps et légèrement de trois quarts à gauche, il est enveloppé d'une houppelande brune à col de velours noir, le cou emprisonné dans une cravate de batiste blanche, la tête coiffée d'un béret bleu d'où s'échappent de fins cheveux châtains.

La physionomie est attentive, la figure imberbe, les lèvres épaisses, le nez busqué, les yeux bleus grands ouverts et d'une expression intelligente.

Cachet de la vente au dos.

Toile. Haut., 41 cent.; larg., 32 cent.

DELACROIX (Eugène)

43 — *Le Meurtre de l'évêque de Liège.*

Attablés aux restes d'une orgie qu'éclairent tragiquement des flambeaux, les soudards sont assis. Parmi eux, Guillaume de la Marck, dit le Sanglier des Ardennes, se dresse, dans sa pesante armure. Appuyant son poing de fer au rebord de la table, la face allumée par la haine et par le vin, il semble donner des ordres. Devant lui, l'évêque, rayonnant sous la mitre et la chasuble d'or, étend les bras comme pour invoquer l'assistance divine, et chancelle sous la poussée brutale que lui imprime un homme au vêtement sombre, armé d'une pique, coiffé d'un bonnet rouge.

Au fond, une foule tumultueuse s'éclaire vaguement de reflets rouges.

(Décrit par Théophile Gautier.)

Toile. Haut., 22 cent.; larg., 27 cent.

Collection de Mme de Cassin.

DOSSI (Dosso)

44 — *La Circoncision.*

Composition à nombreux personnages.

Bois. Haut., 34 cent.; larg., 44 cent.

Provient de la galerie de lord Northwick.

DUPRÉ (Jules)

45 — *La Mare.*

Une lumière blonde dore les nuages sur un fond de ciel bleu turquoise. Une chaumière ombragée de quelques arbres se reflète dans une mare, où le troupeau se désaltère.

A gauche, en bas, signature à demi effacée : *J. D.*

Carton. Haut., 11 cent.; larg., 13 cent.

FROMENTIN (Eugène)

46 — *Les Centaures.*

Sous un ciel orageux, aux dernières lueurs du jour, un centaure vu de dos, au premier plan à droite, s'ébat dans une flaque d'eau ; il tient en main un arc. Deux centauresses se reposent sous les arbres, dont le massif occupe la partie gauche du tableau.

Toile. Haut., 40 cent.; larg., 28 cent.

Vente Eugène Fromentin.

GÉRICAULT (Jean-Louis)

47 — *La Mise au tombeau.*

Copie d'après Raphaël (*Galerie Borghèse*).

Toile. Haut., 35 cent.; larg., 40 cent.

Ancienne collection His de la Salle.

INGRES (Jean-Auguste)

48 — *Jupiter.*

Étude pour *Jupiter et Thétis*, signée : *Ingres. Roma. 1850.*

On lit, derrière le cadre, une note ainsi conçue :

« Ce tableau, cédé directement par M. Ingres en octobre 1866, a été retouché dans plusieurs parties par M. Ingres en novembre 1866 (le sceptre, le ciel, la main, la date et la signature remplaçant celle primitivement écrite sur le sceptre même : Rome 1810). Cette toile, qui date donc réellement de 1810, a été retouchée, signée et étiquetée au dos, sur la toile, par M. Ingres, en novembre 1866. »

Toile. Haut., 47 cent.; larg., 39 cent.

INGRES

49 — *Études pour le « Martyre de saint Symphorien ».*

Le martyr, sa mère, le proconsul, différents personnages, des bras, des jambes, sont réunis sur une toile.

Toile marouflée. Haut., 61 cent.; larg., 49 cent.

Vente Haro, 1867.

810

[illegible] [illegible]

850

9.850

[illegible] la [illegible]

N° 50

LARGILLIÈRE (Nicolas de)

Paris, 1656-1746.

50 — *Portrait de femme.*

Vêtue d'un peignoir de velours bleu, ouvert et laissant voir la chemise plissée, et d'un manteau de couleur orange, passé sur l'épaule et enveloppant les jambes, elle est assise, la main gauche appuyée sur le genou, et relève de la droite un rideau de croisée.

De trois quarts à gauche et à mi-jambes.

Cadre Louis XV à coquilles, rinceaux et festons de fleurs.

Toile. Haut., 1 m. 20; larg., 92 cent.

Collection du comte de la Béraudière,
(vente du 18 mai 1885), n° 45.

LUINI (Attribué à Bernardino)

51 — *La Madeleine en buste.*

Vue de trois quarts à droite, les cheveux blonds séparés en bandeaux sur le front et pendant sur le cou.

Bois. Haut., 22 cent.; larg., 19 cent.

Ancienne collection His de la Salle.

MAZZOLINI (Louis)

52 — *La Nativité.*

Fond de paysage.

Toile. Haut., 37 cent.; larg., 29 cent.

Vente White.
Ancienne collection His de la Salle.

MOSTAERT (Attribué à Jean)

53 — *La Jeune musicienne.*

Une jeune femme, assise dans un intérieur, touche de ses deux mains le clavier d'un instrument de musique.

A gauche, un vase d'orfèvrerie devant une fenêtre.

Bois. Haut., 66 cent.; larg., 55 cent.

Vente Molinari, Milan 1885.

PIOMBO (Luciano, dit Fra Sebastiano del)

54 — *Portrait de femme.*

Elle est vue à mi-corps, presque de face, les cheveux séparés en bandeaux sur le front et coiffée d'un bonnet blanc pendant sur la nuque. Elle porte un corsage vert sombre à larges manches et décolleté sur une chemise plissée ; la main droite, ornée de bagues, tient un gant.

Une chaîne d'or, pendant sur sa poitrine, soutient un bijou.

Cadre en bois sculpté.

Bois. Haut., 62 cent. ; larg., 44 cent.

Vente Timbal.

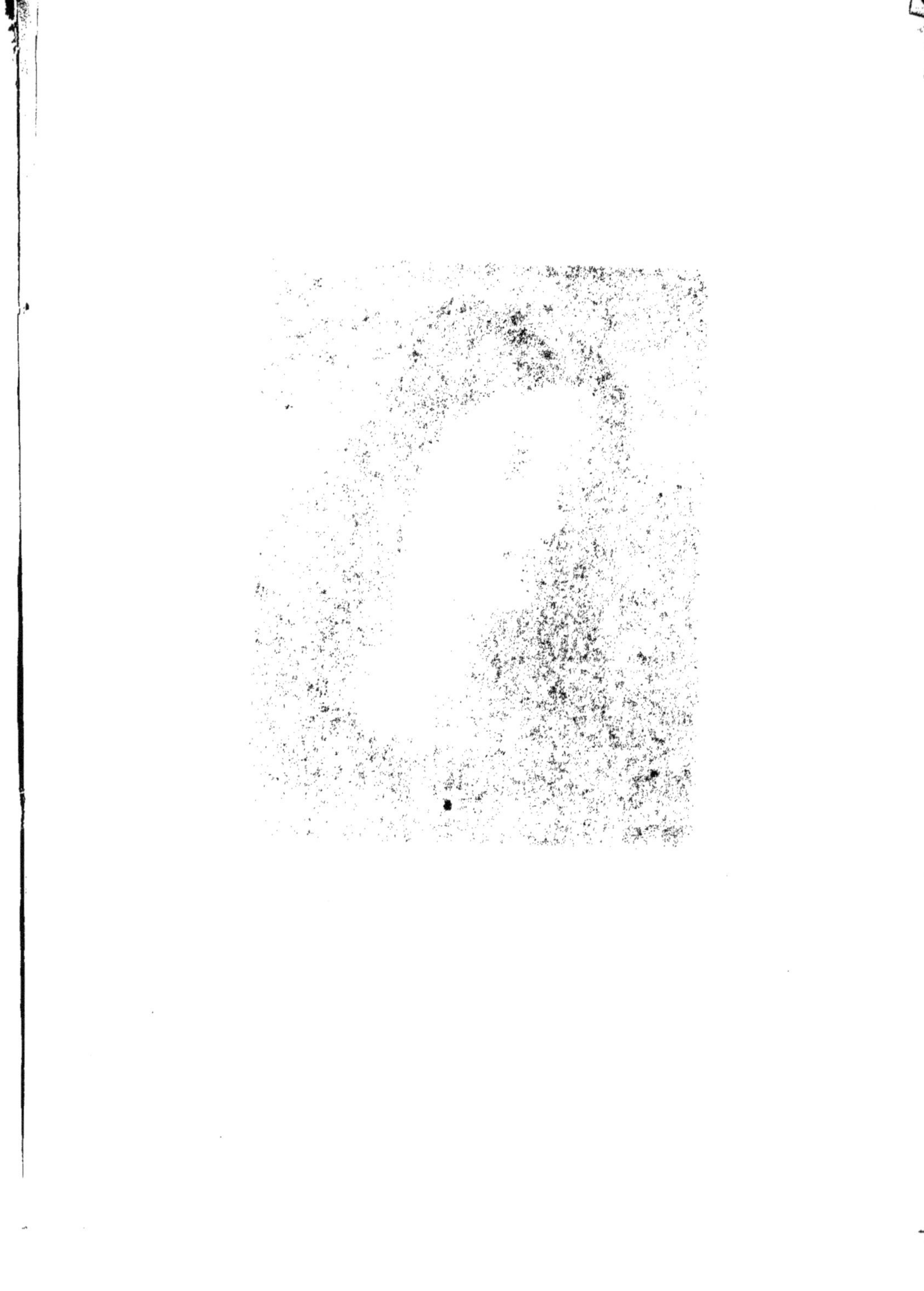

530

fr Meyer

2 [illegible]

fr [illegible]

Tête de jeune fille

RICARD

9.800

M. Focteau

55 — *Tête de jeune fille.*

Elle est vue presque de face ; le visage d'un ovale parfait est légèrement tourné vers la droite, les cheveux châtains sont couverts d'une étoffe rouge.

Toile. Haut., 43 cent. ; larg., 33 cent.

Vente Ricard, 20 juin 1873.

Exposition des œuvres de Ricard à l'École des Beaux-Arts.

ROBERT (Léopold)

56 — *Tête de femme.*

Elle est vue presque de face, légèrement entraînée en arrière par le poids des bandeaux de cheveux noirs qui retombent jusque sur l'épaule en dissimulant les oreilles. Ses yeux, de forme allongée, en amande, très noirs, ont une expression voluptueuse. La bouche délicate est entr'ouverte.

Une tunique jaune, un collier de corail rouge, font un contraste harmonieux avec le ton ambré de la peau.

Toile. Haut., 36 cent.; larg., 26 cent.

ROBERT (Léopold)

57 — *Contrebandier.*

Il est debout, de trois quarts à gauche, appuyé sur sa carabine, la main droite reposant sur un cube de pierre. Le dur profil du visage se fond dans l'ombre projetée par un vaste chapeau de feutre noir, orné de rubans rouges. Il porte le costume classique du montagnard calabrais.

Signé à gauche, en bas : *Ld R., 1827.*

Toile. Haut., 38 cent.; larg., 27 cent.

ROUSSEAU (Philippe)

58 — *Nature morte.*

Sur une table de vieux chêne, à côté d'une brioche dorée et d'une pomme d'api, une aiguière d'argent contient un bouquet de chrysanthèmes blancs et mauves.

Signé à droite, vers le bas : *Ph. Rousseau.*

Toile. Haut., 61 cent.; larg., 41 cent.

ZIEM (Félix)

59 — *Coucher de soleil près de Saint-Tropez.*

Des pins maritimes, que rougit le soleil couchant, encadrent la baie toute baignée de lumière, sous un ciel d'or pâle, barré de quelques nuages.

Au premier plan, une petite barque accoste la berge.

Signé à droite, en bas : *Ziem.*

Panneau. Haut., 28 cent.; larg., 37 cent.

12.000
L: Raymond [illegible]

ZIEM (Félix)

60 — *La Lagune par un temps couvert.*

Une longue barque, chargée de cinq personnages, glisse sur la lagune argentée. Au fond, on aperçoit les dômes et le campanile de Saint-Georges-Majeur, se détachant sur un ciel vaste, chargé de nuages derrière lesquels on devine le soleil.

Signé à gauche, en bas : *Ziem.*

Toile. Haut., 43 cent.; larg., 63 cent.

ÉCOLE FLORENTINE (XVe siècle)

61 — *Le Mariage mystique de sainte Catherine.*

Assis sur les genoux de la Vierge, l'Enfant Jésus passe au doigt de sainte Catherine l'anneau symbolique. La sainte, vue de profil et à genoux, s'appuie sur la roue, emblème de son supplice.

Bois. Haut., 42 cent.; larg., 31 cent.

ÉCOLE FLORENTINE (XVe siècle)

62 — *La Légende de saint Nicolas.*

On lit au dos une attribution à Masolino da Panicale.

Bois. Haut., 23 cent.; larg., 23 cent.

ÉCOLE FRANÇAISE (XVIIIe siècle)

63 — *Portrait présumé de Mozart.*

En habit bleu soutaché de broderies d'argent, assis devant un clavecin.

Toile. Haut., 63 cent.; larg., 51 cent.

Vente Bécherel, 1883.

ÉCOLE OMBRIENNE (Nicolo Alunno)

DEUX PENDANTS

64 — *Amour et enfant s'appuyant sur l'écusson des Borgia, et des fruits.*

Bois. Haut., 39 cent.; larg., 17 cent.

Vente Borghèse, 1891.

GRAVURES ET LITHOGRAPHIES

DELACROIX (Eugène)

65 — *Une Juive d'Alger.*

Eau-forte. Ad. Moreau. 19. Sect. 1. Série 3.
Superbe épreuve du 1er état : avant toutes lettres et avec certains travaux du tapis et des accessoires, dépassant le trait carré à droite. Excessivement rare.

66 — *Un Forgeron.*

Aquatinte non terminée. A. M. 21.
Superbe épreuve du 1er état : avant toutes lettres et avec des bavures dans les marges ; on remarque, à droite, le croquis à la pointe d'une académie d'homme et, en bas, celle d'un oiseau de proie. Très rare.

67 — *Un Seigneur du temps de François Ier.*

Eau-forte. A. M. 22.
Très belle épreuve du 2e état : avant la lettre et l'adresse de Delâtre, mais avec le cheval et les figures du fond ajoutées à la pointe sèche. Sur chine collé.

68 — *Faust dans son cabinet.*

A. M. 60. Sect. 11. 5e série. Lithographies.
Superbe épreuve du 1er état : avant toutes lettres et avec des croquis dans les marges, représentant, à gauche, un casque et une épée, en bas, une tête de cheval et une poignée d'épée. Excessivement rare.

DELACROIX (Eugène)

69 — *Méphistophélès se présentant chez Marthe.*

A. M. 67.
Superbe épreuve du 1er état : avant toutes lettres et avec de nombreux croquis sur toutes les marges, représentant des lions et des lionnes assis et couchés, des têtes d'éléphants et des études de figures. Excessivement rare.

70 — *Méphistophélès et Faust se sauvant après la mort de Valentin.*

A. M. 68.
Superbe épreuve d'un état non décrit, intermédiaire entre le premier et le second : elle est avec la légende et l'adresse de Motte, mais les croquis dans les marges de droite et de gauche n'ont pas encore été effacés.

71 — *Marguerite à son rouet.*

A. M. 69.
Superbe épreuve du 1er état : avant toutes lettres et avec un croquis de paysage dans la marge inférieure. Excessivement rare.

72 — *Le Duel de Faust et de Valentin.*

A. M. 70.
Superbe épreuve du 2e état : avant toutes lettres et avec les bords non encore rectifiés. La légende, écrite à l'encre, est de la main de Delacroix. Très rare.

73 — *Marguerite à l'église.*

A. M. 71.
Superbe épreuve du 1er état : avant toutes lettres, un triple trait carré entoure le dessin ; tirée sur chine.

74 — *Faust et Méphistophélès dans les montagnes de Hartz.*

A. M. 72.
Superbe épreuve du 1er état : avant toutes lettres et avec de nombreux croquis dans les marges, représentant des chevaux, une barque à voile, un serpent, etc.

DELACROIX (Eugène)

75 — *Faust et Méphistophélès galopant dans la nuit du sabbat.*

A. M. 74.
Superbe épreuve du 1er état : avant toutes lettres et avec des croquis dans la marge inférieure ; tirée sur chine.

DURER (Albert)

76 — *Le Joueur de cornemuse.*

Bartsch, 91.
Très belle épreuve. (*Collection Schlosser.*)

MECKEN (Israël van)

77 — *La Grande crosse.*

B. 139.
Partie centrale de l'estampe, où se trouve l'image de la Vierge portant sur son bras gauche l'Enfant Jésus. Ce morceau, complet sur sa largeur, mesure 0m 33 de hauteur.
Très belle épreuve. Excessivement rare.

RAIMONDI (Marc-Antoine)

78 — *Joseph et la femme de Putiphar.*

D'après Raphael. B. 9.
Superbe épreuve. (*Collection Schlosser.*)

79 — *Le Massacre des Innocents.*

D'après Raphael. B. 20.
Très belle épreuve : deux légers raccommodages.

80 — *Saint Paul prêchant à Athènes.*

D'après Raphael. B. 44.
Très belle épreuve.

RAIMONDI (Marc-Antoine)

81 — *Notre-Dame à l'escalier.*

D'après Raphael. B. 45.
Très belle épreuve. Rehaussée et restaurée.

82 — *Le Martyre de saint Laurent.*

D'après Baccio Bandinelli. B. 104.
Très belle épreuve. Restaurée.

83 — *Sainte Cécile.*

D'après Raphael. B. 116.
Très belle épreuve.

84 — *Cléopâtre (Ariane ?).*

D'après Raphael. B. 199.
Très belle épreuve. *Collection Schlosser.*

85 — *Deux Faunes portant un enfant.*

D'après un bas-relief antique. B. 230.
Belle épreuve. (*Collection Arozarena.*)

86 — *Le Parnasse.*

D'après Raphael. B. 247
Belle épreuve.

87 — *Le Jeune et le vieux bacchant.*

D'après Raphael. B. 294.
Très belle épreuve.

88 — *Pallas.*

D'après J. Romain. B. 337.
Très belle épreuve, quelques déchirures.

89 — *Cupidon et les Trois Grâces.*

D'après Raphael. B. 344.
Superbe épreuve. *Collection Schlosser.*

RAIMONDI (Marc-Antoine)

90 — *Le « Quos Ego ».*

D'après Raphael. B. 352.
Très belle épreuve avant la retouche de Villamena et avant l'adresse de Salamanque. Très rare.

91 — *La Tempérance.*

B. 376.
Très belle épreuve. (*Collection Galichon.*)

92 — *La Poésie.*

D'après Raphael. B. 382.
Belle épreuve. (*Collection Schlosser.*)

93 — *Le Joueur de violon entouré de trois femmes nues.*

B. 398.
Belle épreuve de la retouche. *Collection de Sir Joshua Reynolds.*

94 — *La Femme pensive (le Songe de sainte Hélène ?).*

D'après le Parmesan. B. 460.
Superbe épreuve. Signée au verso : *P. Mariette, 1693.*

95 — *La Cassolette.*

D'après le dessin fait par Raphael pour François Ier. B. 489.
Belle épreuve. Restaurée.

REMBRANDT VAN RIJN

96 — *Rembrandt dessinant.*

B. 22.
Très belle épreuve. (*Collection Lobanoff.*)

REMBRANDT VAN RIJN

97 — *Portrait de Jean Asselyn, surnommé Crabbetje.*

B. 277.
Très belle épreuve.

SCHONGAUER (Martin)

98 — *Dieu couronnant la Sainte Vierge.*

B. 72.
Très belle épreuve. Restaurée dans l'estampe.

Instruments de Musique

VIOLONS

99 — **Antonius Stradivarius**. Crémone, 1725. Avec étui acajou.

100 — **Grancino** (marqué *Amati*). Avec étui.

101 — **Vuillaume** (**Jean-Baptiste**). Avec étui.

ALTOS

102 — ANCIEN RECOUPÉ, par *Aldric*. Avec étui.

103 — ANCIEN (marqué *Bergonzi*). Avec étui.

VIOLONCELLES

104 — **Antonius Stradivarius**. Crémone, 1693. Avec étui.

105 — ANCIEN ITALIEN. Table neuve et tête

---

106 — CONTREBASSE à quatre cordes. Archet et étui.

ARCHETS

107 — **Tourte aîné**. Violon, hausse de *Peccatte* écaille, garnie or, baguette ronde.

108 — **Voirin**. Violon, baguette octogone.

109 — Vieux Paris. Violon, hausse avec lyre, baguette octogone.

110 — **Gand frères**. Alto, baguette ronde.

111 — **Gand et Bernardel**. Alto, baguette ronde.

112 — **Henry**. Alto, hausse écaille, garnie argent, baguette ronde.

113 — **Gand frères**. Violoncelle, non marquée, baguette ronde.

114 — **Tourte jeune**. Violoncelle, baguette octogone.

115 — **Tourte jeune**. Violoncelle, baguette ronde.

116 — **Voirin**. Violoncelle, baguette ronde.

117 — **Voirin**. Violoncelle, baguette ronde.

INSTRUMENTS ANCIENS

118 — Viole d'amour de *Paulus Alletsee*, 21 cordes.

119 — Petite mandoline ivoire et ébène.

120 — Mandoline avec manche incrusté et ornements.

121 — Quinton de *Guersan*, 1763.

122 — Luth-Guitare de *Despont*.

123 — Luth ancien.

124 — Archiluth.

OBJETS D'ART & D'AMEUBLEMENT

PORCELAINES — FAIENCES

125 — Deux flacons à pans, décorés de branches fleuries. Ancienne porcelaine du Japon Monture en bronze.

126 — Deux grandes potiches ovoïdes avec couvercles en ancienne porcelaine du Japon, décor bleu, rouge et or : habitations et arbres en fleurs.

Haut., 85 cent.

127 — Deux vases avec couvercles, décorés de branches fleuries en bleu. Ancienne porcelaine de Chine.

128 — Deux plats en ancienne porcelaine de Chine : Scènes familiales.

129 — Vase en ancienne porcelaine de Paris, décoré de branchages de laurier. Base en marbre rose garnie de bronzes.

130 — Deux boites ovales avec couvercles en ancienne porcelaine de Saxe, décor de fleurs.

131 — Sonnette décorée de fleurs, en ancienne porcelaine de Saxe.

132 — Salière sur pied à trois têtes de femmes. Ancienne porcelaine de Saxe.

133 — DEUX PLATS en ancienne faïence de Deruta, aux armes du pape Clément VII de Médicis.

134 — PETIT PLAT en ancienne faïence de Gubbio, décor à reflets métalliques : lettre B au milieu de godrons simulés.

135 — PLAT creux en ancienne faïence de Faenza, présentant un âne assis devant un personnage ; avec inscription sur le siège de l'âne.

Diam., 39 cent.

OBJETS VARIÉS

136 — GAINE DE [illegible] recouverte de cuir doré aux fers et semé de France, et avec monogramme, XVIIIe siècle.

137 — PLAQUE rectangulaire, en émail peint de Limoges, XVIe siècle, présentant des personnages faisant de la musique.

Haut., [illegible] cent.; larg., [illegible] cent.

138 — PLAQUE ovale, en émail peint de Limoges, atelier des Laudin, XVIIe siècle : Saint François de Sales.

139 — GOBELET ET DEUX PRÉSENTOIRS en émail peint de Limoges, atelier des Laudin, XVIIe siècle : Sujets mythologiques et armoiries.

140 — PENDULE à cage, en bronze doré, décorée de branches de laurier et de festons autour du cadran. Cadran signé : *Le Paute et fils, H. du roi.* Époque Restauration.

MARBRES

141 — BAS-RELIEF en marbre blanc, de forme rectangulaire, la Vierge à mi-corps, de face, portant l'Enfant Jésus également de face, l'enlaçant d'une main, de l'autre tenant le globe du monde. Attribué à Mino da Fiesole. Fin du XVe siècle. Cadre en bois sculpté.

Haut., [illegible] cent.; larg., [illegible] cent.

Vente Nolivos, 1866.

N° 141

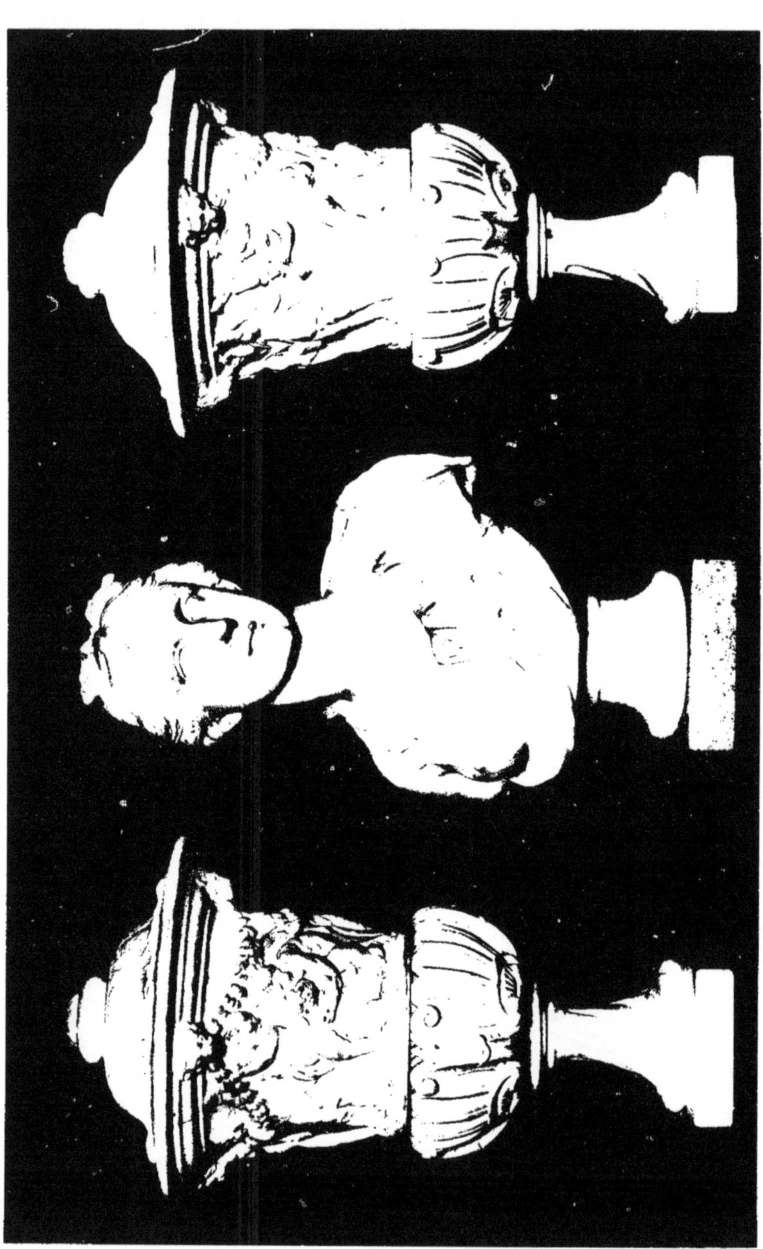

142 — Buste, grandeur nature, en marbre blanc : portrait présumé de La Fontaine, légèrement souriant, la tête tournée vers l'épaule gauche, l'habit et la chemise entr'ouverts. xviie siècle.

Haut., 73 cent.

143 — Buste en marbre blanc, grandeur nature, de jeune femme, la tête tournée vers l'épaule gauche, la poitrine à demi couverte d'une chemisette. xviiie siècle.

Haut., 62 cent.

144 — Deux vases simulés, avec couvercles et sur piédouches, en marbre blanc, décorés, sur la panse, d'enfants jouant et de guirlandes retenues par des mufles de lions. Culots cannelés et piédouches également cannelés en spirales. Couvercle orné de feuilles d'acanthe. xviiie siècle.

Haut., 65 cent.

BRONZES

145 — Statuette en bronze doré : saint Sébastien debout, lié à un tronc d'arbre. Italie, fin du xve siècle.

Haut., 36 cent.

Vente Noliros, 1866.

146 — Statuette en bronze patiné, femme au bain, d'après Jean de Bologne. Florence, xvie siècle.

Haut., 34 cent.

Vente Pourtalès, 1865.

147 — Figurine d'enfant nu jouant de la viole. Bronze patiné. Ancien travail italien.

Haut., 13 cent.

148 — Statuette en bronze patiné : le Génie du Repos éternel, d'après l'antique. Ancien travail italien.

Haut., 21 cent.

149 — Statuette en bronze patiné : Enfant nu debout, faisant le geste d'attraper un papillon. Ancien travail florentin.

Haut., 19 cent.

Vente Pourtalès, 1865.

150 — BUSTE en bronze, grandeur nature, de personnage romain. Ancien travail italien.

Haut., 33 cent.

151 — POIGNÉE DE PORTE en bronze patiné : Amour à corps terminé par une volute. Ancien travail italien.

Haut., 15 cent.

152 — DEUX FLAMBEAUX en bronze à tiges surmontées d'entrelacs et bases ornées de feuilles d'acanthe. Époque Louis XVI.

153 — STATUETTE en bronze patiné, de baigneuse accroupie. Fin du XVIIIe siècle. Sur socle plaqué d'ébène et garni de bronzes dorés du temps de Louis XVI.

Hauteur de la statuette, 25 cent.

154 — DEUX FLAMBEAUX en bronze doré sur bases décorées de fleurs en ancienne porcelaine de Saxe.

155-156 — DEUX STATUETTES en bronze à patine foncée : Junon et Minerve. Par *Barye*. Anciennes épreuves.

Haut., 30 cent.

MEUBLES — TAPISSERIES

157 — ÉCRAN en bois sculpté, feuille formée d'un fragment d'ancienne tapisserie tissée d'argent, présentant des emblèmes au milieu de fleurs.

158 — SIX CHAISES en bois sculpté et peint, dossiers à lyres, sièges couverts en ancienne tapisserie à fleurs sur fond blanc.

159 — FRAGMENT de tapisserie flamande de la fin du XVe siècle, présentant plusieurs personnages, portant de riches costumes du temps.

Haut., 2 mètres ; larg., 90 cent.

160 — TAPISSERIE rectangulaire du commencement du XVIe siècle, présentant une chasse au faucon, composition de nombreux personnages richement vêtus, avec inscriptions sur les vêtements. Fond de paysage avec habitations.

Haut., 3 m. 65 ; larg., 3 m. 80.

161 — Panneau en tapisserie flamande du xviie siècle, présentant un concert dans un parc.

Haut., 2 mètres; larg., 2 mètres.

162 à 164 — Trois fragments d'ancienne tapisserie des Flandres; verdure avec oiseaux et habitations.

Haut., 2 m. 50.

165 — Tapisserie rectangulaire, présentant deux canards sur fond de verdure. Bordure à fleurs.

Haut., 2 m. 50; larg., 3 m. 35.

ANTIQUITÉS

GRECQUES & ROMAINES

Médailles et Plaquettes artistiques

POTERIE

166 — AIGUIÈRE CHYPRIOTE. Panse sphérique, ornée de cercles et de rondelles. Peinture noire sur fond rouge.

Haut., 19 cent.

Vente Cesnola, 1870, n° 355.

167 — PETITE AMPHORE. Quadrige galopant à droite, le conducteur vêtu d'un chiton blanc. Derrière les chevaux, on voit le buste d'un hoplite. Le char est précédé d'une amazone armée d'un bouclier et courant à toute vitesse.

Au revers, une femme debout entre deux hommes barbus, assis à droite, sur des pliants.

Peinture noire sur fond rouge : rehauts rouges. — Nola.

Haut., 28 cent.

Vente Castellani, 1866, n° 39.

168 — GRANDE AMPHORE. *a)* Thésée debout, à droite, tuant le Minotaure, en présence de deux hommes barbus et drapés. *b)* Quadrige, à droite, monté par un homme barbu, armé d'une lance, et par le conducteur. A l'arrière-plan, une femme remettant un casque à un guerrier. Devant les chevaux, un hoplite tenant un bouclier rond (*Episème :* trépied). Peinture noire sur fond rouge, rehauts rouges.

Haut., 43 cent.

169 — Tasse à deux anses. *a)* Bacchus d'ancien style, couché entre un satyre et une bacchante. *b)* Bacchus monté sur un mulet. Peinture noire sur fond rouge.

Haut., 85 millim.

170 à 172 — Trois amphores de Nola :

1° Deux femmes, dont l'une tient un coffret, l'autre une coupe ; entre elles, une corbeille à ouvrage. Revers : palestrite.

2° Homme barbu, debout, appuyé sur un long bâton fourchu et tournant la tête vers un discobole. Le disque est orné de la croix gammée. Revers : homme barbu, drapé, appuyé sur un long bâton.

3° Deux éphèbes, l'un portant un vase à vin sur son épaule et s'appuyant sur un bâton : l'autre, le précédant et tenant une coupe et une aiguière. Revers : palestrite tenant une coupe et, horizontalement, un bâton.

Peinture rouge sur fond noir.

Haut., 34 cent.

Vente Castellani, 1866, nos 85, 86, 87.

173 — Petite hydrie. Victoire drapée, offrant une bandelette à un adolescent qui tient une lyre. Peinture rouge sur fond noir.

Haut., 22 cent.

174 — Coupe. Dans l'intérieur, on voit un éphèbe déposant une couronne de myrte sur la tête, déjà couronnée, d'un terme de Bacchus barbu. Derrière lui, une colonne votive, cannelée, se dresse sur un stylobate.

Le revers représente des scènes de chasse : 1° deux éphèbes aux prises avec un sanglier ; 2° une chasse au cerf.

Peinture rouge sur fond noir ; beau style grec du ve siècle. École d'Hiéron ou de Brygos.

Trouvée à Sainte-Marie de Capoue.

Diam., 218 millim.

Vente du prince Jérôme Napoléon, 1868, n° 77.

175 — Aryballe. Deux enfants nus courant l'un après l'autre. Peinture rouge sur fond noir. Fin du ve siècle.

Haut., 70 millim.

176 — Lécythe à fond blanc, dessin noir au trait. Femme assise à droite, sur une chaise, et se regardant dans un miroir. Son manteau est brodé de croisettes. — Grèce.

Haut., 22 cent.

177-178 — Deux aiguières à goulot trilobé, faisant pendant. Anse surélevée et ornée d'un masque de femme.

1° Victoire conduisant, à gauche, un char attelé de deux chevaux blancs. Elle est précédée d'un amour adolescent, tenant un fouet et une situle, et suivie d'une femme portant un balsamaire et une couronne de fleurs.

2° Victoire conduisant, à gauche, un quadrige de chevaux blancs.

Fabrique de Tarente. Peinture rouge sur fond brun, rehauts blancs et jaunes.

Haut., 50 cent.

179 — Oxybaphon. Bacchus jeune, précédé d'une bacchante. Le dieu tient un flambeau allumé et un thyrse; une peau de panthère est suspendue à son bras gauche. La bacchante porte un thyrse et une situle : au revers, deux palestrites. — Fabrique de Tarente. Peinture rouge sur fond brun, rehauts blancs et jaunes.

Haut., 31 cent.

180 — Aiguière à goulot tréflé, la panse formée par une très belle tête de Silène.

Haut., 20 cent.

Ventes Pourtalès, n° 375 et *Pararey*, n° 134.

181 — Amphorisque formé de deux masques de femmes peints en couleur de chair.

Haut., 138 millim.

Vente de Janzé, 1866, n° 219.

182 — Lécythe en forme de tête de femme, coiffée de feuilles et de fruits. — Couleur de chair, rehauts rouges et bleus.

Haut., 17 cent.

Vente de Janzé, n° 218.

183 — Coupe de la fabrique de Cales (Campanie). — Dans l'intérieur, une grenouille en haut relief. Vernis noir.

Diam., 17 cent.

184 — Belle amphore piriforme, à vernis orangé; sous les anses, un double collier imprimé dans la pâte. — Chypre.

Haut., 37 cent.

185-186 — Paire de petits cratères à vernis noir.

Haut., 22 cent.

TERRES CUITES

187 — Jeune Tanagréenne debout, dans une pose majestueuse, la tête légèrement tournée vers la droite du spectateur, les bras repliés sur le devant et dissimulés sous le manteau. Une colombe perche sur sa main droite. Très beau style. Coloration antique.

Haut., 23 cent.

188 — Orateur grec du siècle des Antonins. Il est debout, nu-pieds, le bras droit à découvert et levé, l'autre caché sous le manteau qu'une fibule retient sur l'épaule. Base antique. — Tarse.

Haut., 22 cent.

Vente Gréau, n° 1170.

189 — Satyre jeune, sans draperie, la main droite levée à hauteur du cou (comme s'il jouait de la syrinx), l'avant-bras gauche étendu. Les doigts de la main gauche, repliés, tenaient un attribut. Très beau modelé. — Smyrne.

Manquent la jambe gauche et le pied droit.

Haut., 23 cent.

Vente Gréau, n° 670.

190 — Jeune Tanagréenne debout, tournée vers la droite, la tête encapuchonnée. Sa main droite saisit le capuchon, son bras gauche porte les deux pans de la draperie. Très beau style ; coloration antique.

Haut., 235 millim.

Vente Lecuyer, 1883, n° 40.

191 — Jeune Tanagréenne, drapée et encapuchonnée, debout, la jambe gauche retirée en arrière, les mains croisées sur le devant et retenant les pans du manteau. Engobe et coloration antiques.

Haut., 216 millim.

192 — La Muse Thalie debout, accoudée à un cippe et tenant un masque scénique de femme. Sa tête est tournée vers la droite du spectateur ; son vêtement se compose d'un chiton talaire sans manches et d'un himation formant voile et couvrant tout le bras gauche avec la main. Base demi-circulaire, ornée de moulures ; coloration antique. — Corinthe.

Haut., 34 cent.

193 — Jeune fille debout, le bras gauche accoudé sur un cippe, la main tenant une balle. Elle est coiffée d'une couronne de fleurs qu'entoure un large bandeau bleu : son bras droit s'appuie sur la hanche, sa jambe gauche s'avance et dépasse la plinthe. Base moulurée : coloration antique. — Tanagra.

Haut., 25 cent.

194 — Femme debout, le bras gauche levé et déployant un ample manteau de couleur bleue. Ses cheveux sont noués en crobyle, et une natte retombe sur chaque épaule. Base ovale moulurée, coloration antique. — Tanagra.

Haut., 29 cent.

Vente Lecuyer, 1883, n° 46.

195 — Jeune femme assise de face sur un siège échancré, sans dossier. Elle détourne légèrement la tête. Une large ténie, couleur d'orange, entoure ses cheveux : ses oreilles sont parées de pendentifs. — Tanagra.

Haut., 14 cent.

Vente Paravey, 1879, n° 259.

196 — Amour monté sur un paon. A demi-vêtu d'une chlamyde, il est coiffé d'une couronne de fleurs. Coloration antique. — Tanagra.

Haut., 137 millim.

Vente Lecuyer, n° 10.

197 — Jeune femme debout, la tête tournée à gauche et se mirant dans un miroir orbiculaire. Elle a le buste nu, un strophium retient ses cheveux. — Tanagra.

Haut., 168 millim.

198 — Jeune garçon se dirigeant vers la gauche : sa chlamyde, repliée sur le bras gauche, passe derrière le corps, qui reste à découvert, et la main droite pendante le relève. La main gauche tient une balle dans son filet. Coloration antique. — Tanagra.

Haut., 136 millim.

Vente Rayet, 1879, n° 65.

199 — Fillette drapée et coiffée d'une sphendoné. Debout et de face, elle soulève des deux mains, symétriquement, son manteau. — Tanagra.

Haut., 118 millim.

Vente Rayet, 1879, n° 91.

200 — Petit garçon monté sur un coq.

Haut., 12 cent.

Ventes de Janzé, 1866, n° 491, et *Paravey, 1879*, n° 227.

201 — Fillette assise sur un siège carré et tenant une colombe et une balle. — Tanagra.

Haut., 13 cent.

Vente de Bammeville, 1881, n° 198.

202 — Enfant debout, relevant son vêtement jusqu'aux genoux.

Haut., 85 millim.

Vente Paravey, 1879, n° 226.

203 — Femme drapée, debout, le bras gauche sur la hanche, la main droite sur la ceinture. Une tresse de cheveux fait le tour du sommet de la tête et retombe sur les épaules. Coloration antique.

Haut., 19 cent.

204 — Femme drapée, debout, se dirigeant vers la droite, la gorge à découvert, le bras droit sur la hanche. Main gauche abaissée et cachée sous la draperie. Coloration antique.

Haut., 17 cent.

205 — Tête de femme, les cheveux coiffés en bandeaux, les oreilles percées pour y suspendre des boucles d'or. Le revers n'est pas modelé. Coloration antique. — Tanagra.

Haut., 11 cent.

Vente Gréau, n° 323.

206 — Bas-relief. Bacchante de face, dansant, un tambourin à la main gauche abaissée. Près d'elle, un jeune satyre, à gauche, jouant de la double-flûte.

Haut., 14 cent.; larg., 19 cent.

207 — Bas-relief. Dans un temple distyle : le berger Pâris nu, assis à gauche, sur un rocher couvert d'une draperie, et jouant de la flûte traversière. Dans le champ, de chaque côté, trois animaux debout ou couchés sur des plinthes : trois taureaux, deux béliers et une vache allaitant son veau. Colonnes ioniques cannelées, palmette au sommet du fronton et deux demi-palmettes en acrotères.

Haut., 28 cent.; larg., 18 cent.

VERRERIE

208 — Petite amphore en pâtes multicolores, incrustée de dessins blancs et jaunes, ressemblant à des plumes. Anses tordues.

Haut., 14 cent.

209 — Verre à boire se rétrécissant vers les bords. Parois minces, irisation métallique. — Chypre.

Haut., 60 millim.

210 — Petit flacon pomiforme, avec irisation nacrée. — Chypre.

Haut., 63 millim.

211 — Verre côtelé au moyen de quatre dépressions. Parois d'une extrême ténuité. — Chypre.

Haut., 75 millim.

212 — Petit flacon, irisation nacrée. — Chypre.

Haut., 75 millim.

213 — Verre à boire, en forme de cône renversé. Cercles gravés autour de la panse. — Chypre.

Haut., 85 millim.

214 — Verre conique en pâte violacée: huit nervures autour de la base: collerette en fil agglutiné. — Chypre.

Haut., 87 millim.

215 — Petite coupe, les bords formés par un bourrelet creux. Irisation métallique. — Chypre.

Diam., 108 millim.

216 — Belle coupe moulée, toute entourée de cannelures. Pâte verdâtre. — Chypre.

Diam., 13 cent.

217 — Joli flacon pomiforme, en verre blanc translucide. — Chypre.

Haut., 15 cent.

218 — Flacon à long col, en forme de chandelier. Irisation métallique. — Chypre.

Haut., 17 cent.

219 — Grand flacon piriforme, à long col. — Chypre.

Haut., 18 cent.

BRONZES

220 — Grand épervier égyptien, les pattes posées sur un socle.

Haut., 25 cent.

Vente Posno, n° 200.

221 — Adorant étrusque. Vêtu d'une chlamyde qu'il relève de sa main gauche, il tenait à sa main droite abaissée une patère. Ses cheveux, ceints d'une bandelette, descendent jusqu'au milieu du dos. Belle patine vert pâle. Socle en porphyre.

Haut., 9 cent.

122 — Isis-Fortune, debout, tenant le gouvernail et la corne d'abondance. Elle est coiffée de feuilles de lotus et d'un croissant. Socle en jaune de Sienne.

Haut., 10 cent.

Vente Cottreau, 1870.

223 — Hercule debout, couronné de feuillage, la massue sur l'épaule gauche, la peau de lion suspendue au bras, la main droite avancée. Belle patine verte. Sur le socle, en jaune de Sienne, un petit mascaron de Silène.

Haut., 95 millim.

Vente His de la Salle, 1880.

224 — Enfant drapé dans un manteau et tenant à sa main droite avancée une bourse. Patine verte, socle en jaune de Sienne.

Haut., 62 millim.

Vente Polissard, 1873.

225 — Buste d'adolescent émergeant d'un calice de fleur. Peson de balance. Patine verte, socle en jaune de Sienne.

Haut., 75 millim.

Vente His de la Salle, 1880.

226 — Jolie situle étrusque, en forme de tête de femme, parée de boucles d'oreilles. Anse mobile, façonnée au tour. Patine verte.

Haut., 11 cent.

Vente His de la Salle, 1880.

227 — Belle situle étrusque. Décor : une frise d'entrelacs entre deux rangs de godrons. Anse mobile. Patine verte.

Haut., 17 cent.

Collection Lucien Bonaparte.

228 — Grande aiguière incrustée d'argent. La panse est ornée de deux rangs de godrons séparés par une petite frise de rinceaux argentés. Le pied, également godronné, est bordé d'un rang de feuilles et de fleurs en relief. Autour du goulot, façonné en bec d'oiseau, s'enlace une branche de lierre en fleur, incrustée d'argent, et, autour de sa base, un ruban orné de fleurs et de feuilles. Les ciselures sont toutes d'une finesse extrême. L'anse manque.

Haut., 245 millim.

Vente Gréau, 1885, n° 188.

229 — Clochette.

Haut., 75 millim.

Collection L. Arrigoni.

230-231 — Deux grands brule-parfums italiotes, la base, le fût et la coupe façonnés au tour.

Haut., 50 cent.

PLATRE

232 — Fragment de fresque égyptienne. — Buste d'une déesse ailée, les bras et les ailes étendus, une plume à chaque main. Deux légendes hiéroglyphiques.

Haut., 12 cent.; larg., 15 cent.

MARBRES

233 — Très belle tête d'amazone, de travail grec, trouvée à Ostie. C'est une pièce importante, de la seconde moitié du ve siècle, et très certainement inspirée de l'*Amazone blessée* de Polyclète. Les cheveux sont ondulés, la tête se penche légèrement sur l'épaule droite. — Marbre de Paros. — Nez et poitrine refaits.

Haut., 40 cent.

Vente Pourtalès, 1865, n° 75.

VOIR LA PLANCHE.

N° 233

234 — Belle tête de satyre jeune, le visage souriant, les cheveux hérissés. — Marbre blanc. — Socle en brèche verte.

Haut., 30 cent.

Collection His de la Salle.

Voir la planche.

235 — Buste de Fulvie, femme de Marc-Antoine. Cheveux finement frisés, divisés par une longue tresse qui aboutit au front. — Marbre blanc. — Nez restauré.

Haut., 28 cent.

Voir la planche.

236 — Tête de jeune femme, le front ceint d'une stéphané, l'occiput voilé, les cheveux noués en crobyle. — Marbre blanc. — Nez refait.

Haut., 30 cent

237 — Petite tête de femme, les cheveux ondulés. Applique en marbre blanc.

Haut., 19 cent.

238 — Petite tête de satyre, tournée à gauche. Applique en marbre de Paros.

Haut., 11 cent.

PIERRES CALCAIRES

239 — Petit bas-relief égyptien. Roi debout, à droite, tenant à sa main gauche une figurine accroupie.

Haut., 167 millim.; long., 95 millim.

Vente Posno, n° 655.

240 — Lion couché, à gauche, les pattes de devant croisées. Égypte.

Haut., 15 cent.; larg., 34 cent.

Vente Posno, n° 76.

241 — Tête de jeune homme, couronné de laurier. Chypre. Lésion au menton.

Haut., 13 cent.

Vente Cesnola, 1870, n° 303.

242 — Tête de femme, parée de boucles d'oreilles. Au revers, une large entaille longitudinale. Époque hellénistique. — Chypre. Socle en marbre rouge.

Haut., 23 cent.

MÉDAILLES ARTISTIQUES

243 — Pisanello. PISANVS · PICTOR. Buste à g., la tête coiffée d'un mortier. ℞. Dans une couronne de laurier : F · S · K · I · P · F · T. — Diam., 0,057. (Armand, t. I, p. 9.)

244 — Sigismond-Pandulfe Malatesta. SIGISMVNDVS · PANDVLFVS · MALATESTA · PAN · F. Buste cuirassé à g. ℞. CASTELLVM · SISMVNDVM · ARIMINENSE · M · CCCC · XLVI. Château fort. — Diam., 0,080. (Armand, t. I, p. 20.)

245 — Alidosi. FR · ALIDOXIVS · CAR · PAPIEN · BON · ROMANDIOLAE · Q · C · LEGAT. Buste à dr. en habit cardinalice. ℞. HIS AVIBVS CVRRVQ CITO DVCERIS. Jupiter dans un char attelé de deux aigles. — Diam., 0,062. Trouée. (Armand, t. II, p. 116.)

246 — Toscani. IOHANNES ALOISIVS TVSCANVS ADVOCATVS. Buste drapé à g., coiffé d'un béret. ℞. Dans une couronne de laurier : INCERTVM IVRISCONSVLTVS ORATOR AN POETA PRESTANTIOR. — Diam., 0,070. (Armand, t. II, p. 28.)

247 — Sacrata (Girolama). HIERONIMA SACRATA M · D · LV. Buste à dr. ; dessous, P(*astorino*). ℞. Incus. — Diam., 0,070. Trouée. (Armand, t. I, p. 206.)

248 — Lorédan (Léonard). LEONAR · LAVREDANVS · DVX · VENETIAR · ET · C. Buste à g., en habit ducal. ℞. AEQVITAS PRINCIPIS. L'Équité debout, tenant une balance. — Diam., 0,061. Trouée. (Armand, t. II, p. 124.)

249 — Garcia Nasi. Lég. hébraïque. Buste à g. ℞. Incus. — Diam., 0,066. (Armand, t. I, p. 202.) *Pastorino*.

250 — Priuli (Jérôme). HIE · PRIOL · VENE · DVX III AN Æ LXXV. Buste à mi-corps, à g. ℞. AN · SAL · MDLXI · DV · LXXXVI · VR · CON · MCXLI. — ADRIA · REGI · MARIS. Venise assise près d'une galère. — Diam., 0,061. Trouée. (Armand, t. II p. 224.)

251 — François IV Gonzague, de Mantoue. FRANCISCVS·MARCHIO·MANTVAE·IIII. Buste cuirassé, à g. ℟. FAVEAT·FOR·VOTIS. Combat de cavaliers. IO·FR·RVBERTO·OPVS (en creux sur la barre). — Diam., 0,050. (Armand, t. I, p. 81.)

252 — Visconti (Charles). CAROLVS VICECOMES. Buste cuirassé, à dr. ℟. Pied de corail. COR ALIT. — Diam., 0.070. Trouée. (Armand, t. II, p. 206.)

253 — Lionel d'Este. LEONELLVS·MARCHIO·ESTENSIS·D·FERRARIE·REGII·7·MVTINE. Buste à g. ℟. PISANI·PICTORIS·OPVS. Homme nu étendu à terre; sur un rocher, une amphore. — Diam., 0,069. (Armand, t. I, p. 4.) *Pisanello.*

254 — Memmo (Marc-Ant.). MARCVS ANTONIVS MEMMO DVX VENETIARVM. Buste à dr. en habit ducal. ℟. Incus. — Diam., 0,090. Bronze doré.

255 — Trivulce (Jean-François). IO·FRAN·TRI·MAR·VIC·CO·MVSO·AC·VAL·REN·ET·STOSA·D. Buste cuirassé à dr. AET·29 (sur la tranche du bras). ℟. FVI SVM ET ERO. La Fortune au milieu de la mer. — Diam., 0,058.

256 — Acquaviva (Lucie). LVCIA AQVAVIVA. Buste drapé à g. ℟. Incus. — Diam., 0,065. Trouée. (Armand, t. II, p. 213.)

357 — Gonzague (Hippolyte). HIPPOLITA · GONZAGA · FERNANDI·FIL·ÆT·AN·XV. Buste drapé, à g. ℟. NEC TEMPVS NEC AETAS. Femme debout, à dr., au milieu d'attributs des arts et des sciences. — Diam., 0,062. (Armand, t. II, p. 213.)

358 — Pierre Arétin. DIVVS·PETRVS·ARETINVS. Buste drapé à g. ℟. VERITAS·ODIVM·PARIT. La Vérité assise à g., couronnée par un Génie. — Diam., 0,057. Trouée. (Armand, t. II, p. 153.)

259 — Toscani. IOANNES ALOISIVS TVSCA·AVDITOR·CAM. Buste à g., avec béret. ℟. VICTA IAM NVRSIA FATIS AGITVR. Neptune dans un bige d'hippocampes. — Diam., 0,042. Trouée. (Armand, t. II, 28.)

260 — André Doria. ANDREAS·DORIA·P·P. Buste cuirassé. ℟. Galère. — Diam., 0,040. (Armand, t. I, p. 164.) *Leoni.*

261 — Dulci. IOAN·VIN·DVLCIVS·IVR·CON·CAN·PATAVIN·AETA·LVII. Buste habillé, à g., 1539. ℟. DVLCIS GENIO BENEVOLENTIAE. Sacrificateur tenant un dauphin. — Diam., 0,037. (Armand, t. I, p. 181.) *Carino.*

262 — Arioste. LVDOVICVS ARIOSTE·POET. Buste lauré, à g. ℟. MALVM PRO BONO. Ruche incendiée. — Diam., 0,038.

263 — Grimani (Ant.). ANT·GRIMANVS DVX VENETIAR. Buste à g. ℟. IVSTITIA ET PAX OSCVLATE SVNT. La Justice et la Paix se donnant la main. — Diam., 0,031.

264 — Griti (André). ANDREAS GRITI DVX VENET. Buste à g. ℟. AEQVITAS PRINCIPIS. L'Équité debout. — Diam., 0,029.

265 — Bentivoglio (Jean). IOANNES BENTIVOLVS II · BONONIENSIS. Buste à dr., avec béret. ℟. MAXIMILIANI IMPERATORIS MVNVS MCCCCLXXXVIIII. — Diam., 0,027. (Armand, t. I, p. 104.) *Francia.*

266 — Agosto da Udine. AVGVSTVS VATES. Buste lauré, à g. ℟. VRANIA. Muse debout. — Diam., 0,031. (Armand, t. II, p. 72.)

267 — Hercule d'Este. HERCVLES·DVX·FERRARIAE. Tête à g. ℟. Cavalier. Argent. — Diam., 0,028. (Armand, t. II, p. 44.)

268 — Claire de Gonzague. CLARA·DE·GONZ·COMITI·MONT(is) PENSERII·ET·DELPHINA·ALV(ern)IE. Buste à dr., la tête couverte d'une coiffe. ℟. Incus. — Diam., 0,059. (Armand, t. II, p. 85.)

269 — Henri II et Catherine de Médicis. HENRICVS·II·GALLIARVM·REX·INVICTISS·P·P. Buste lauré et cuirassé, à dr. ℟. KATHARINA DE MEDICIS REGINA FRANCORVM. Buste à g., 1555. Bronze doré. — Diam., 0,055.

270 — Princesse de Guéméné. ANNE DE ROHAN PRINCESSE DE GVEMENE. Buste à dr.; dessous, VARIN. ℟. SPES DVRAT AVORVM. Aigle au vol, regardant le soleil. 1638. — Diam., 0,053.

271 — Anne de Montmorency. ANNAS MOMMORANCIVS MILITIAE GALLICAE PRAEF. Buste cuirassé, à g. ℟. PROVIDENTIA DVCIS FORTISS. AC FOELICISS. La Prudence, ailée, entre les personnifications de la Guerre et de la Navigation. Cuivre jaune. Trouée. — Diam., 0,052. (Armand, t. II, p. 190.)

272 — Richelieu. ARMANDVS IOANNES CARDINALIS DE RICHELIEV. Buste à dr., en habit cardinalice. ℟. TANDEM VICTA SEQVOR. Louis XIII assis dans un quadrige, à g. WARIN. 1630. — Diam., 0,074. — Bélière ciselée.

273 — Maximilien Ier et Marie de Bourgogne. MAXIMILIANVS · FR · CAES · F · DVX · AVSTR · BVRGVND. Buste à dr., les cheveux longs. ℟. MARIA · KAROLI · F · DVX · BVRGVNDIAE · AVSTRIAE · BRAB · C · FLAN. Buste à dr.; derrière, monogramme couronné. — Diam., 0,048. Trouée.

274 — Marie Tudor. MARIA · I · REG · ANGL · FRANC · ET · HIB · FIDEI · DEFENSATRIX. Buste drapé à g. ℟. CECIS VISVS TIMIDIS QVIES. Femme couronnée assise, tenant une palme et brûlant des armes. — Diam., 0,065. (Armand, t. I, p. 241.) *Jacques Trezzo.*

275 — Philippe II et Anne d'Autriche. PHILIPPVS HISPANIAR. ET NOVI ORBIS OCCIDVI REX. Buste cuirassé à g. ℟. ANNA AVSTRIACA · PHILYPPI (*sic*) CATHOL. Buste à dr. ÆT · 21. Bronze doré, avec bélière. — Diam., 0,039.

276 — Antinoüs. ANTINOOC HPΩC. Buste nu, à g. ℟. KAΔXAΔONIOIC (*sic*) IΠΠΩN. Bellérophon sur le Pégase. — Diam., 0,042.

---

277 — Caracalla. A. K. M. AVP. ANTΩNEINOC. Buste lauré, drapé et cuirassé, à dr. ℟. TΩN CЄB. ЄΠI AVP. XAPIΔHMOY. Trois temples. CMVPNAIΩN ΠPΩTΩN ACIAC. Γ. NЄOKOPΩN. Médaillon en bronze, antique. — Diam., 0,045.

PLAQUETTES

278 — *Orphée charmant les animaux*; plaquette ronde de Moderno (commencement du XVIe siècle). (Molinier, t. I, n° 210.) Cuivre doré. — Diam., 0,105.

Vente Piot, 1890.

279 — *Judith et sa servante déposant la tête d'Holopherne dans un sac.* Dans le bas, à droite, les lettres **AMAV** en relief. Plaquette de Riccio, d'après un dessin de Mantegna. (Molinier, t. I, n° 218.) — Haut., 0,103; larg., 0,080.

280 — *La Crucifixion*; plaquette de Moderno. (Molinier, t. I, n° 171.) — Haut., 0,116; larg., 0,078.

281 — *La Mise au Tombeau*; plaquette de Moderno, bordure de palmettes. (Molinier, t. I, n° 176). — Haut., 0,095; larg., 0,086.

282 — *Hercule étreignant le lion de Némée*; plaquette de Moderno. (Molinier, t. I, n° 190). — Haut., 0,057; larg., 0,064.

283 — *L'Enlèvement de Ganymède*; plaquette ovale de Bernardi. (Molinier, t. II, n° 328). — Haut., 0,067; larg., 0,090.

Vente His de la Salle, 1880.

284 — *Buste de femme*, à g., le sein et l'épaule à découvert; plaquette ovale. — Haut., 0,066; larg., 0,051.

285 — *La Grammaire.* Femme nue, à demi-couchée, à g., tenant un rocher d'où jaillissent plusieurs jets d'eau; à gauche, vue d'une ville fortifiée; dans le haut, un masque servant de bélière. Plaquette ovale, avec bordure. — Haut., 0,058; larg., 0,093.

286 — *Homme nu*, barbu, assis à dr. sur un rocher et sonnant du buccin. Devant lui, un chien assis; à l'arrière-plan, les ruines d'une ville antique. Cuivre doré. — Haut., 0,050; larg., 0,053.

287 — *Fête de la Paix*. Femme assise, tenant un livre; jeunes filles tenant des mappemondes ou jouant de la clarinette; homme tenant le caducée ailé; violoncelle appuyé contre un arbre, etc. Plaquette ronde, repoussée. — Diam., 0,079.

288 — *Vulcain forgeant les ailes de l'Amour*. Grande plaquette ronde, bordée d'une couronne de feuilles. Plomb. — Diam., 0,17.

www.ingramcontent.com/pod-product-compliance
Ingram Content Group UK Ltd.
Pitfield, Milton Keynes, MK11 3LW, UK
UKHW020333180726
13839UKWH00002B/688